Les Justes

FichesdeLecture.com

Les Justes
(Fiche de lecture)

I. RÉSUMÉ DE LA PIÈCE

Premier Acte

Camus nous introduit plusieurs de ses personnages principaux. À son arrivée, nous voyons de suite que Dora, la seule femme du groupe, connaît Stepan. Elle lui dit : « Trois ans, déjà. » Annenkov est également présent et nous apprendrons qu'il est le chef du groupe. Manifestement, Dora devait éprouver quelques sentiments pour Stepan mais celui-ci a été arrêté alors qu'il allait rejoindre le groupe. Il a été au bagne, s'est enfui, et est parti se réfugier en Suisse.

Stepan rentre directement dans le sujet. Il espère bien qu'ils arriveront à tuer le grand-duc Serge, tous ensemble ils devront l'avoir… Tout est prêt et une proclamation est déjà rédigée. L'objectif est simple : faire régner la terreur jusqu'au moment où la terre sera rendue au peuple.

Voinov a bien reconnu le parcours et les mouchards, qui sont nombreux, ne l'auraient pas remarqué. Arrive Yanek, ou Kaliayev qui est celui qui va devoir lancer la bombe. Il rit sans cesse, déclare aimer la vie et manifestement Dora et lui sont loin d'être indifférents l'un à l'autre. Cette éternelle joie qu'il semble transporter avec lui a l'air d'agacer Stepan.

Dès que Kaliayev sort de la pièce, Stepan interpelle Annenkov et lui demande de pouvoir jeter la bombe lui-même. Il n'a aucune confiance en l'expérience de Kaliayev. À quoi celui-ci lui répond que jamais personne n'a eu l'occasion de la lancer deux fois ! D'ailleurs, il voudrait se suicider en cas d'échec, mais Annenkov le lui interdit, car il ne doit penser qu'à la terreur qu'il faut répandre. Stepan s'énerve et lui reproche de ne pas être un vrai révolutionnaire, d'être là parce qu'il s'ennuierait. Leurs conceptions des choses sont très différentes et ils se disputent.

Kaliayev regrette cette opposition de Stepan car il estime avoir besoin d'être aimé de tous.

Il n'admet pas non plus qu'ils soient des assassins, car ils agissent dans le but de bâtir un monde nouveau qui n'aura plus d'assassins. Il a l'air sûr de lui, mais Dora lui demande comment il réagira quand il aura le regard de l'homme qu'il doit tuer sur lui... Annenkov revient et annonce que le grand-duc ira au théâtre le lendemain.

Deuxième acte

Annenkov et Dora sont ensemble, proches de la fenêtre. Ils savent que le grand-duc va arriver d'un instant à l'autre. Annenkov est gêné de ne pas être lui-même le lanceur de bombe et, quand Dora lui dit qu'il ne peut pas parce qu'il est le chef, il se demande si cela n'est pas un peu commode. Mais à chacun son rôle, dit Dora.

La calèche du grand-duc arrive, le temps passe et rien ne se produit ! Kaliayev n'a pas lancé la première bombe ! Tout est manqué !...

Il revient et nous apprenons par Stepan qu'il y avait aussi la grande-duchesse dans la calèche, mais surtout deux enfants. Kaliayev dit que c'était impossible pour lui de lancer cette bombe avec les enfants dans la calèche, mais qu'il est prêt à recommencer si le parti lui faisait toujours confiance. Stepan est contre cette confiance mais Annenkov dit que le chef c'est lui et que c'était à lui de tout prévoir. Il pardonne donc à Kaliayev. Une violente opposition éclate entre Stepan et Dora quant à savoir si l'organisation aurait accepté que l'on tue les enfants aussi. Annenkov dit à Stepan, avec fermeté, que tout n'est pas permis et celui-ci lui répond que s'il pense cela c'est qu'il n'aime pas vraiment la révolution. S'engage une terrible discussion entre Stepan et Kaliayev. Ce dernier affirme que tout n'est pas permis et qu'il accepte de tuer pour rendre les hommes heureux aujourd'hui et non pas dans des générations et après de terribles sacrifices. Annenkov décide donc que l'on recommencera dans deux jours et que ce sera toujours Kaliayev qui lancera la bombe. Stepan est furieux.

Troisième acte

Nous sommes deux jours plus tard. Voinov, censé aider Kaliayev dans sa nouvelle tentative, décide qu'il n'est vraiment pas fait pour la terreur. Il abandonne donc pour aller militer dans les comités. Annenkov décide qu'il prendra sa place, alors que Stepan estime que cela lui revient de droit.

Annenkov tient bon. De son côté Kaliayev découvre qu'il n'est vraiment pas simple de tuer. Il est heureux d'être avec les autres, mais il a compris qu'il n'y a pas de bonheur dans la haine. Il parle d'amour mais Dora lui dit que ce sentiment n'est pas pour eux. Oui, ils aiment le peuple, dit-elle, mais de très loin. Question importante : le peuple les aime-t-il ?... Il ne dit rien en tout cas, le peuple ! Cette conversation entre Dora et Kaliayev va se terminer sur une dure constatation : eux, les justes, ils ne peuvent aimer, ils ne sont pas de ce monde et elle termine en criant : « Ah ! Pitié pour les justes »

L'heure est arrivée, Kaliayev et Annenkov partent et disent adieu. Stepan reste avec Dora et reconnaît qu'il avait mal jugé Kaliayev. Il dit ceci : « Détruire, c'est ce qu'il faut » et « Il y a trop à faire ; il faut détruire ce monde de fond en comble... » puis, par la suite, « Nous nous aimerons. » Enfin il laisse éclater sa rage et dit : « Mais, moi, je n'aime rien et je hais, oui, je hais mes semblables ! »

Le moment est venu, ils entendent la calèche, puis un terrible bruit de bombe. C'est fait !...

Quatrième acte

Nous retrouvons Kaliayev en prison en discussion avec un certain Foka, homme du peuple. Celui-ci a tué plusieurs personnes dans un moment de folie dû à l'alcool. Il ne comprend rien aux motifs de l'acte de Kaliayev. Lui, il n'a aucun remords, ne se posent pas de questions et ne pense qu'à réduire sa peine. Aussi a-t-il accepté de tenir la place du bourreau en cas d'exécutions, car cela lui fait à chaque fois une année de prison de moins. Il estime que Kaliayev n'avait qu'à rester tranquille, après tout, le monde est fait pour les « barines » dit-il (nobles ou gros bourgeois). Quant au rôle de bourreau, il ne lui fait pas commettre des crimes puisque ces actes sont commandés. Un membre de la police entre dans la cellule et tente de retourner Kaliayev contre ses anciens amis. Il n'arrive à rien ! Il pourrait être gracié, dit-il, s'il acceptait de dire que c'était lui qui avait tué et non le parti après un jugement. Kaliayev maintient qu'il est un prisonnier de guerre et non un accusé. Le policier Skouratov lui pose quand même la question de savoir pourquoi il n'a pas tué la première fois. Les enfants ?... « Si l'idée n'arrive pas à tuer les enfants, mérite-t-elle qu'on tue un grand-duc ? »

Kaliayev est confronté à la grande-duchesse qui lui explique sa solitude depuis le crime. Il n'accepte pas ce mot et parle « d'acte de justice » Elle, elle veut que le jeune homme vive et dit : « Tu dois vivre, et consentir à être un meurtrier. Ne l'as-tu pas tué. » Kaliayev ne compte pas sur Dieu et refuse de prier avec la grande-duchesse. Il ne pense qu'à ses amis. Et quand elle lui dit « Il n'y a pas d'amour loin de Dieu » il répond « Si. L'amour pour la créature. »

Elle lui dit que « Dieu réunit. » et il répond : « Pas sur cette terre. Et mes rendez-vous sont sur cette terre. » La grande-duchesse, malgré les supplications de Kaliayev, dit qu'elle demandera sa grâce alors qu'il veut mourir.

Revient Skouratov qui lui dit qu'il publiera le lendemain les résultats de cette entrevue avec la grande-duchesse, mais en y ajoutant ses aveux. À quoi Kaliayev dit que ses amis n'y croiront jamais, jamais ils ne penseraient qu'il les aurait trahis !

Cinquième acte

Dora, Annenkov, Voinov et Stepan sont réunis alors qu'ils pensent que l'exécution de Kaliayev sera pour cette nuit. Ils discutent aussi quant au fait de savoir si ce dernier aurait vraiment demandé sa grâce, s'il s'était vraiment repenti et, ce faisant, aurait trahi. Stepan croit que oui, alors que les autres sont convaincus du contraire. Seule son exécution pourra prouver sa bonne foi, ce qui fait dire à Dora « Votre amour coûte cher. » Les autres souhaiteraient pouvoir récupérer un jour Kaliayev pour l'organisation, alors que Dora est bien consciente que le vœu de celui-ci est de mourir. Pour lui, la mort est la justification ultime de son acte et de sa vie.

Dora reste seule avec Annenkov et se pose des questions quant au sens de leur action. Elle lui dit que « Si la seule solution est la mort, nous ne sommes pas sur la bonne voie. La bonne voie est celle qui mène à la vie, au soleil. » Pour elle, la question de fond est de savoir s'ils sont toujours des hommes, car, le fait de tuer aurait supprimé chez eux ce statut.

Elle avoue que les pensées de Stepan lui font peur tellement elles ne sont plus humaines !

Elle dit que, peut-être, ils voudraient d'arrêter, mais que cela n'est plus possible et : « Nous voilà condamnés à être plus grands que nous-mêmes. Les êtres, les visages, voilà ce qu'on voudrait aimer. L'amour plutôt que la justice ! » Et, à Annenkov qui lui dit « Je suis ton frère. », elle répond tristement « Oui, tu es mon frère, et vous êtes tous mes frères que j'aime... Mais quel affreux goût a parfois la fraternité ! »

Stepan arrive et annonce que Kaliayev n'a pas trahi, il a donc bien été exécuté. Stepan, à la demande de Dora, commente sa mort qui a été digne.

Dora s'effondre d'abord, puis demande de pouvoir lancer la bombe suivante. Annenkov refuse mais même Stepan lui demande d'accepter. Il dit : « Accepte. Elle me ressemble, maintenant. » Dora veut rejoindre Kaliayev.

La dernière réplique est : « Yaneck ! (Un des surnoms de Kaliayev) Une nuit froide, et la même corde ! Tout sera plus facile maintenant. »

II. LE CONTEXTE DE L'ŒUVRE

Voyons d'abord, rapidement, le contexte historique de cette histoire.

Nous sommes en Russie dans une période qui devrait se situer entre 1870 et 1890 environs. Cette période voit un développement industriel relativement important, accompagnée par un mouvement politique appelé le populisme. Ce mouvement recrute ses adhérents parmi la nouvelle intelligentsia née du développement de l'instruction engagé essentiellement pas Alexandre II. Il s'agit de la nouvelle bourgeoisie, de médecins, de nobles ruinés, d'instituteurs etc. Ces gens sont déçus par l'ensemble des réformes entamées par ce tsar. Ce n'est qu'en 1861 que l'on assistera à l'abolition du servage et la façon employée pour cette libération sera loin de donner de très bons résultats, beaucoup de privilèges des nobles ont été maintenus.

Il y a deux courants principaux dans le populisme : celui qui utilise le pacifisme et celui qui est plus révolutionnaire. Alors que le premier va échouer, le second va se développer et on ira jusqu'à envisager une prise de pouvoir par une minorité. Ce courant étudie l'idée d'assassiner Alexandre II et cela aura lieu en 1881. Alexandre III va régner de 1881 à 1894 et entamera une rude répression de ce mouvement.

De nombreux populistes vont alors se réfugier en Suisse où se créera le mouvement communiste à la fin des années 1890 début des années 1900.

Le mouvement nihiliste, parmi lequel figurent de nombreux candidats au martyr politique, est un mouvement à l'intérieur du populisme.

III. L'ŒUVRE DANS L'ENSEMBLE DES TEXTES DE CAMUS

Les livres écrits par Camus pourraient se classer en deux groupes : il y a celui de l'absurde et celui de la révolte. « L'étranger », « Le mythe de Sisyphe », « Caligula » et « Le malentendu » figurent au premier groupe alors que « La peste », « Les justes » et « L'homme révolté » relèvent du second groupe.

Mais il faut prendre la pensée de Camus comme un vaste ensemble, le second groupe étant la conséquence du premier.

En quelques mots voici les problèmes posés : l'homme, désorienté, interroge le monde et ne reçoit pas de réponse. Comme il n'existe pas, pour Camus, un autre monde que celui dans lequel nous vivons, force lui est de considérer le monde comme absurde. En effet, celui-ci ne répond à aucune logique. Il est parfois plus difficile de vivre ses contradictions que de mourir.

Devant cette terrible constatation et, à examiner le spectacle de l'histoire et ses nombreux crimes, l'homme ne peut que se tourner vers la révolte. Celle-ci peut être individuelle ou collective. La notion de l'absurde peut faire croire à l'absence de règles ou de normes, alors que « L'homme révolté » nous donne des normes. Il définit ce que l'homme peut accepter ou doit refuser parce qu'il est un homme. L'homme conserve des espoirs, mais, à ces espoirs, seuls d'autres hommes peuvent répondre puisqu'il n'y a rien d'autre que des hommes.

« Les justes » fait donc partie du second groupe vu ci-dessus, soit celui de la révolte.

IV. LES IDÉES

Ce livre a été écrit en 1949, alors que « L'homme révolté » date de 1951. Nous pouvons cependant penser que Camus faisait déjà plus que simplement se douter des crimes commis au nom du communisme et de la dictature du prolétariat par Staline. Je dis cela parce qu'il me semble que, de temps à autre, il pense au communisme à travers cette œuvre tout autant qu'aux dictatures de droite.

Il semblera clair aux yeux de tous que cette pièce garde un aspect terriblement actuel tant au niveau des idées qu'elle transmet que des situations qu'elle décrit. Le but, ici, n'est certainement pas de mettre davantage l'accent sur un terrorisme plutôt que sur un autre tellement celui-ci a été utilisé tout au long des décennies qui nous précèdent. Depuis la guerre, cela va des réseaux sionistes aux Palestiniens, des Brigades Rouges, en Italie ou en Allemagne, aux mouvements extrémistes irlandais, du FLN algérien à Al Quaïda, etc.

Je crois qu'elle reste donc d'une très grande utilité pour entamer une réflexion de fond dur le sujet.

D'autre part, elle reprend de très nombreuses idées que l'on retrouve dans les œuvres de Camus en général.

La place de Dieu

Pour Camus, Dieu, ou une puissance supérieure, n'existe pas. Seule compte donc la vie terrestre comme nous la connaissons. Il refuse l'idée catholique que l'homme devrait vivre en fonction de l'accès à une autre vie. Il n'y a pas d'autre vie et profitons donc de celle que nous vivons, elle sera la seule.

À la notion d'un dieu, Camus préfère la fraternité avec les autres hommes.

La grande-duchesse dit : « Il n'y a pas d'amour loin de Dieu. » Kaliayev répond : « Si. L'amour pour la créature. » et « …mes rendez-vous sont sur cette terre. »

La révolte

Quand le pouvoir s'avère tyrannique et que l'homme n'a pas d'autres moyens d'expression à sa disposition, la révolte s'impose. Elle se justifie, selon Camus, par le fait que chaque homme participe à la définition de l'homme en général. Il ne peut donc pas accepter tout et n'importe quoi, et cela de la part d'aucune personne ou aucun pouvoir. Il est des règles qui ne peuvent être transgressées et ce sont celles qui touchent à la dignité de l'homme en général. En humiliant un homme, on les humilie tous ! C'est pourquoi Stepan dit : « La liberté est un bagne aussi longtemps qu'un seul homme est asservi sur la terre. »

De cette idée naît instantanément une autre très présente dans cette pièce : la fraternité, la solidarité.

Écoutez Annenkov : « Nous tuons ensemble, et rien ne peut nous séparer »

Ecoutez Kaliayev : « J'ai besoin d'être aimé de vous tous… Comment supporter que mes frères se détournent de moi »

Seul Stepan, qui est de très loin le plus dur de tous, se différencie quand il dit : « Mais, moi, je n'aime rien et je hais, oui, je hais mes semblables ! Qu'ai-je à faire de leur amour. » Il est aussi le seul à dire qu'il n'aurait pas hésité à envoyer la bombe sur des enfants. Mais il a été profondément blessé auparavant, ce qui fait de lui un homme différent des autres. Il n'a pas de sentiments, seulement de la haine. Il accepte que Dora lance la bombe suivante, car, il estime qu'elle est enfin devenue comme lui par le supplice de Kaliayev.

L'amour de la vie

Camus nous transmet son amour de la vie au travers du comportement de Kaliayev au début de la pièce. Il dit à Dora : « Il faut être gaie, il faut être fière. La beauté existe, la joie existe. » Et plus loin, il poursuit : « Seulement la vie continue de me paraître merveilleuse. J'aime la beauté, le bonheur ! C'est pour cela que je hais le despotisme… La révolution, bien sûr ! Mais la révolution pour la vie, pour donner une chance à la vie, tu comprends ? »

Tout est-il justifiable ?

Ce problème se pose par la présence des enfants dans la calèche. Kaliayev se refuse à lancer sa bombe, alors que Stepan lui reproche ce comportement. Kaliayev s'en remet au jugement de ses frères qui le comprendront, sauf Stepan. Pour lui, il n'avait pas à hésiter mais bien à obéir. Stepan est l'homme prêt à tout, l'autre pas. Il dit d'ailleurs clairement qu'il serait prêt à tuer des enfants à bout portant si l'organisation le lui demandait. À quoi Dora lui répond : « … comprends que l'Organisation perdrait ses pouvoirs et son influence si elle tolérait, un seul moment, que des enfants fussent broyés par nos bombes. »

Nous retrouvons cette idée plusieurs fois au long de la pièce. Pour Camus il est clair que tout n'est pas permis et Stepan a tort. Pour Camus, la fin ne justifie pas les moyens, loin de là !

Dans la réalité il est intéressant de savoir que, vers la fin des années 60, le FLN algérien va se lancer dans une campagne d'attentats meurtriers sur le territoire français. Ces attentats viseront bien souvent des victimes civiles innocentes. Sartre va soutenir ce comportement du FLN au nom de l'idée, indiscutable à ses yeux, que la fin justifiait les moyens. Camus, dans ses éditoriaux va s'y opposer vivement. Sartre va le traiter ouvertement, et dans la presse, de « belle âme » qui ne pense qu'à garder sa pureté. Il dira qu'il n'a aucun sens de l'action politique et qu'il n'est qu'un idéaliste incapable de se salir les mains.

À écouter Stepan, Dora dit qu'un tel comportement ferait que la révolution serait haïe de toute l'humanité et le ton va monter entre eux. Annenkov tentera de mettre fin à cette discussion en disant à Stepan : « Mais quelles que soient tes raisons, je ne puis te laisser dire que tout est permis. Des centaines de nos frères sont morts pour qu'on sache que tout n'est pas permis. » Mais Stepan maintient son point de vue. Dora lui dit alors : « Même dans la destruction, il y a un ordre, il y a des limites. » et il répond : « Il n'y a pas de limites. La vérité est que vous ne croyez pas à la révolution.

J'aime l'argument de Kaliayev quand il lui dit : « J'ai accepté de tuer pour renverser le despotisme. Mais derrière ce que tu dis, je vois s'annoncer un despotisme qui, s'il s'installe jamais, fera de moi un assassin alors que j'essaie d'être un justicier. »

L'assassinat par un homme ou un verdict ?

À plusieurs reprises cette différence est spécifiée, que ce soit dans le dialogue entre le policier et Kaliayev ou entre celui-ci et la grande-duchesse. Cette différence est essentielle ! Le grand-duc a été assassiné s'il a été tué par un seul homme, un homme solitaire. Par contre, s'il s'agit d'une exécution par un membre d'une organisation il ne s'agit plus d'un meurtre mais d'une exécution suite à un verdict et Kaliayev marque bien cette différence.

Pour lui, la différence réside aussi dans le fait qu'il va lui-même mourir et il y tient ! En ce sacrifiant jusqu'à la mort il paie son acte et va, en même temps, au bout de ses idées et celles de ses amis.

Que penser de la révolution pour les générations suivantes ?

Camus refuse l'idée d'une autre vie qui mériterait toutes les privations pendant la seule que nous connaissions. De la même façon, il refuse aussi les révolutions et les idéologies qui ne promettent le bonheur que pour les générations suivantes.

Kaliayev dit à Stepan qui envisage le sacrifice de deux ou trois générations : « Mais moi, j'aime ceux qui vivent aujourd'hui sur la même terre que moi, et c'est eux que je salue. C'est pour eux que je lutte et que je consens à mourir. Et pour une cité lointaine, dont je ne suis pas sûr, je n'irai pas frapper le visage de mes frères. Je n'irai pas ajouter à l'injustice vivante pour une justice morte. »

Comment, ici, ne pas penser aux régimes communistes qui n'ont cessé de promettre le bonheur après de terribles épurations, sacrifices, tortures, déplacements de populations et autres horreurs soi-disant indispensables pour arriver au bonheur des générations futures ? Le futur n'a été que la chute de ces nations après deux générations !... En outre de telles promesses au nom de telles idéologies permettent simplement, aux hommes en place, de tout imposer, de tout justifier à ceux que l'on a devant soit !

Et Kaliayev d'ajouter : « Il faut être bien sûr que ce jour arrive pour nier tout ce qui fait qu'un homme consente à vivre. »

La notion de l'honneur

Stepan dit, au début de la pièce : « Tout le monde ment. Bien mentir, voilà ce qu'il faut. » Quand Kaliayev dit qu'il se détournerait d'une révolution qui se séparerait de l'honneur, le même Stepan lui répond : « L'honneur est un luxe réservé à ceux qui ont des calèches. »

Ici, Stepan défend les idées sartriennes selon lesquelles Sartre a traité Camus ironiquement de « belle âme » La fin justifierait les moyens, chose que Camus ne peut accepter.

V. LE STYLE DE CAMUS

Je ne sais pas s'il convient tellement de parler du style de Camus, celui-ci variant suivant ses objectifs et suivant que nous soyons dans un roman ou dans une pièce.

De façon générale, je dirais que Camus écrit toujours d'une façon claire et simple. Son but n'est pas de faire des belles phrases mais bien d'être suivi et compris par le plus grand nombre possible. Son style est donc avant tout précis. Cela ne l'empêche cependant pas de trouver des formules percutantes et bien tournées.

VI. OPINION PERSONNELLE

Cette analyse est très longue et ne donne déjà pas toutes les idées évoquées dans ces pages. Je me suis consacré aux principales. Je crois que tout le monde a pu apprécier le côté actuel de ce texte, même si de très nombreux terrorismes actuels sont fortement tournés vers le « tout est permis »

Une pièce à lire, ou à voir.

Dans la même collection en numérique

Les Misérables
Le messager d'Athènes
Candide
L'Etranger
Rhinocéros
Antigone
Le père Goriot
La Peste
Balzac et la petite tailleuse chinoise
Le Roi Arthur
L'Avare
Pierre et Jean
L'Homme qui a séduit le soleil
Alcools
L'Affaire Caïus
La gloire de mon père
L'Ordinatueur
Le médecin malgré lui
La rivière à l'envers - Tomek
Le Journal d'Anne Frank
Le monde perdu
Le royaume de Kensuké
Un Sac De Billes
Baby-sitter blues
Le fantôme de maître Guillemin
Trois contes
Kamo, l'agence Babel
Le Garçon en pyjama rayé
Les Contemplations

Escadrille 80

Inconnu à cette adresse

La controverse de Valladolid

Les Vilains petits canards

Une partie de campagne

Cahier d'un retour au pays natal

Dora Bruder

L'Enfant et la rivière

Moderato Cantabile

Alice au pays des merveilles

Le faucon déniché

Une vie

Chronique des Indiens Guayaki

Je voudrais que quelqu'un m'attende quelque part

La nuit de Valognes

Œdipe

Disparition Programmée

Education européenne

L'auberge rouge

L'Illiade

Le voyage de Monsieur Perrichon

Lucrèce Borgia

Paul et Virginie

Ursule Mirouët

Discours sur les fondements de l'inégalité

L'adversaire

La petite Fadette

La prochaine fois

Le blé en herbe

Le Mystère de la Chambre Jaune

Les Hauts des Hurlevent

Les perses

Mondo et autres histoires

Vingt mille lieues sous les mers

99 francs

Arria Marcella

Chante Luna

Emile, ou de l'éducation
Histoires extraordinaires
L'homme invisible
La bibliothécaire
La cicatrice
La croix des pauvres
La fille du capitaine
Le Crime de l'Orient-Express
Le Faucon malté
Le hussard sur le toit
Le Livre dont vous êtes la victime
Les cinq écus de Bretagne
No pasarán, le jeu
Quand j'avais cinq ans je m'ai tué
Si tu veux être mon amie
Tristan et Iseult
Une bouteille dans la mer de Gaza
Cent ans de solitude
Contes à l'envers
Contes et nouvelles en vers
Dalva
Jean de Florette
L'homme qui voulait être heureux
L'île mystérieuse
La Dame aux camélias
La petite sirène
La planète des singes
La Religieuse
1984 A l'Ouest rien de nouveau
Aliocha
Andromaque
Au bonheur des dames
Bel ami
Bérénice
Caligula
Cannibale
Carmen

Chronique d'une mort annoncée
Contes des frères Grimm
Cyrano de Bergerac
Des souris et des hommes
Deux ans de vacances
Dom Juan
Electre
En attendant Godot
Enfance
Eugénie Grandet
Fahrenheit 451
Fin de partie
Frankenstein
Gargantua
Germinal
Hamlet
Horace
Huis Clos
Jacques le fataliste
Jane Eyre
Knock
L'homme qui rit
La Bête humaine
La Cantatrice Chauve
La chartreuse de Parme
La cousine Bette
La Curée
La Farce de Maitre Pathelin
La ferme des animaux
La guerre de Troie n'aura pas lieu
La leçon
La Machine Infernale
La métamorphose
La mort du roi Tsongor
La nuit des temps
La nuit du renard
La Parure

La peau de chagrin
La Petite Fille de Monsieur Linh
La Photo qui tue
La Plage d'Ostende
La princesse de Clèves
La promesse de l'aube
La Vénus d'Ille
La vie devant soi
L'alchimiste
L'Amant
L'Ami retrouvé
L'appel de la forêt
L'assassin habite au 21
L'assommoir
L'attentat
L'attrape-coeurs
Le Bal
Le Barbier de Séville
Le Bourgeois Gentilhomme
Le Capitaine Fracasse
Le chat noir
Le chien des Baskerville
Le Cid
Le Colonel Chabert
Le Comte de Monte-Cristo
Le dernier jour d'un condamné
Le diable au corps
Le Grand Meaulnes
Le Grand Troupeau
Le Horla
Le jeu de l'amour et du hasard
Le Joueur d'échecs
Le Lion
Le liseur
Le malade imaginaire
Le Mariage de Figaro
Le meilleur des mondes

Le Monde comme il va

Le Parfum

Le Passeur

Le Petit Prince

Le pianiste

Le Prince

Le Roman de la momie

Le Roman de Renart

Le Rouge et le Noir

Le Soleil des Scortas

Le Tartuffe

Le vieux qui lisait des romans d'amour

L'Ecole des Femmes

L'Ecume Des Jours

Les Bonnes

Les Caprices de Marianne

Les cerfs-volants de Kaboul

Les contes de la Bécasse

Les dix petits nègres

Les femmes savantes

Les fourberies de Scapin

Les Justes

Les Lettres Persanes

Les liaisons dangereuses

Les Métamorphoses

Les Mouches

Les Trois mousquetaires

L'étrange cas du Dr Jekyll et de Mr Hyde

L'Ile Au Trésor

L'île des esclaves

L'illusion comique

L'Ingénu

L'Odyssée

L'Ombre du vent

Lorenzaccio

Madame Bovary

Manon Lescaut

Micromégas

Mon ami Frédéric

Mon bel oranger

Nana

Ne tirez pas sur l'oiseau moqueur

Notre-Dame de Paris

Oliver twist

On ne badine pas avec l'amour

Oscar et la dame rose

Pantagruel

Le Misanthrope

Perceval ou le conte du Graal

Phèdre

Ravage

Roméo et Juliette

Ruy Blas

Sa Majesté des Mouches

Si c'est un homme

Stupeur et tremblements

Supplément au voyage de Bougainville

Tanguy

Thérèse Desqueyroux

Thérèse Raquin

Ubu Roi

Un Barrage contre le Pacifique

Un long dimanche de fiançailles

Un secret

Vendredi ou la vie sauvage

Vipère au poing

Voyage au bout de la nuit

Voyage au centre de la terre

Yvain ou le Chevalier au lion

Zadig

À propos de la collection

La série FichesdeLecture.com offre des contenus éducatifs aux étudiants et aux professeurs tels que : des résumés, des analyses littéraires, des questionnaires et des commentaires sur la littérature moderne et classique. Nos documents sont prévus comme des compléments à la lecture des oeuvres originales et aide les étudiants à comprendre la littérature.

Fondé en 2001, notre site FichesdeLectures.com s'est développé très rapidement et propose désormais plus de 2500 documents directement téléchargeables en ligne, devenant ainsi le premier site d'analyses littéraires en ligne de langue française.

FichesdeLecture est partenaire du Ministère de l'Education du Luxembourg depuis 2009.

Plus d'informations sur www.fichesdelecture.com

ISBN: 978-2-511-02786-8

Notes :